Le Sérail,

ou

Histoire des Intrigues

Secrettes et amoureuses

des Femmes

du Grand Seigneur.

Le Sérail,

ou

Histoire des Intrigues

Secrettes et amoureuses

des Femmes

du Grand Seigneur.

Édition ornée de huit gravures.

Par J. Grasset Saint - Sauveur.

Tome II.

———————————

A PARIS,

Chez Deroy, Libraire, rue Cimetière André-des-Arts, nº. 15.

1796. An IV de la République.

Explication

des quatre Estampes

qui se trouvent dans le 2ᵉ. volume.

Première Estampe, page 4.

Repas donné par la sultane favorite à deux femmes. La table n'est point chargée de mets comme dans les autres cours de l'Europe, parceque, à celle de la Porte, l'usage est de servir plat à plat. Les mets n'en sont pas moins nombreux. Ordinairement ils s'élèvent à cinquante. Tous les ustenciles sont d'or enrichis de diamants. Le linge est brodé magnifiquement. Les assaisonnements sont recherchés. Rien n'y manque, excepté l'appétit; qui est le meilleur cuisinier, dit le bon Lafontaine. Mais peut-on avoir faim dans le palais de l'ennui, et quand on a sans cesse suspendu sur sa tête le cordon des muets, ou le sabre des bourreaux.

Deuxième Estampe, page 13.

On a représenté dans cette gravure les préliminaires d'un mariage Turc. La mariée est encore vêtue et chargée d'ornements,

Bientôt elle n'aura plus d'autre trésor que ceux de sa beauté. Le cérémonial des Orientaux veut que l'épousée fasse ses visites de noces, nues comme les jeunes filles qui se chargent de la déshabiller. Mais que les jaloux se rassurent ! la jeune personne ne s'expose ainsi qu'aux yeux des autres femmes de sa famille, ou de celle de son mari. C'est encore un hommage rendu, sans le savoir, à la nature ; c'est-à-dire, ce ne sont pas les diamants, l'or et la pourpre, qui donnent la beauté et les grâces ; les véritables richesses sont celles qu'on n'achète point à grands frais. Dieu sait combien toutes les petites passions féminines s'exercent tout bas à la vue de la mariée !

Troisième Estampe, page 62.

L'infortuné que l'on voit debout, prêt à recevoir sur la nuque le coup de cimeterre qui doit faire tomber sa tête aux pieds du sultan et de sa favorite, assis sur un sopha, est un *santon*, ou moine turc. Son crime est d'avoir dénoncé au peuple de Bagdad la femme du Grand seigneur, comme une princesse sans mœurs, sans

religion, et ne servant qu'à dissi-
per les trésors publics. Sa mort est
le salaire de ce beau zèle. Après
cela avisez-vous de dire la vérité.

Quatrième Estampe, page 106.

Peinture fidelle des mœurs des
femmes du sérail. On accorde à
celles-ci la liberté de se promener;
elles rencontrent un grouppe de
Francs. La vue d'un sexe dont les
malheureuses n'ont pas à se louer
dans leur prison, ranime leurs desirs. Elles se jettent sur l'un d'eux,
sans aucune retenue. Ce sont des

bacchantes qui ne connoissent plus
de frein. Nos filles publiques, dans
leurs orgies secrettes , ne sont pas
plus exigeantes : elles veulent à
toute force , quoiqu'en plein jour,
dépouiller ce malheureux de tous
ses vêtemens , pour découvrir ce
que la pudeur recommande de
soustraire à la vue. Hélas ! cette
espèce de nymphomanie est la suite
nécessaire des privations imposées
au beau sexe par les seigneurs
Turcs.

Le Sérail

ou

Histoire des Intrigues

secrettes et amoureuses

des Femmes du Grand Seigneur.

Nous avons décrit le costume des femmes turques dans la classe opulente, voici maintenant celui d'une sultane en titre; rien n'est plus somptueux. Le vêtement le plus apparent et le plus ample est le *dualma*, qui n'est pas précisément le *cafetan*, dont nous avons déjà parlé. Le *dualma* a les manches

Tome II. 1

plus longues, il se retrousse par
en bas, et est ajusté à la taille ; la
couleur est assez souvent d'un bleu
violet, diapré des deux côtés jusques sur les pieds, et autour des
manches vers les aisselles, de perles fines du plus beau choix.—Les
boutons de cette espèce de doliman
sont pareillement en perles, et de
la grosseur des boutons d'un juste
au corps : les boutonnières sont
bordées de piérreries du plus grand
éclat. Cette robe assujettit la taille
au moyen de deux grandes agraffes
garnies de petites perles. La che-
mise est fermée avec un gros diamant taillé dans la forme d'un
lozange : la plaque de la ceinture
large comme la paume de la main,
est toute couverte de pierreries.

Au-dessus du sein trois riches colliers laissent retomber leurs extrémités jusques sur les genoux ; à l'un est suspendu une émeraude du volume d'un œuf de poule d'inde. Le deuxième de ces colliers est un tissu d'émeraudes assorties avec soin, et d'un verd foncé : l'épaisseur de ces pierres leur donne un grand prix : encore des émeraudes plus petites, mais sphériques, composent le troisième collier. Tout ce faste est éclipsé par les boucles d'oreilles : ce sont deux diamans en poires, égalant les noix de la plus grosse espèce. Autour du *tolpache*, c'est le nom de la coëffure, règnent quatre enfilades de perles magnifiques ; il y en a de quoi faire quatre colliers des mieux gar-

1 *

nis. Ces quatre guirlandes paroissent fixées au bonnet par deux roses de diamant, c'est-à-dire par
deux rubis considérables, en-
chassés chacun dans une vingtaine
de brillans. Les bracelets répon-
dent au reste de l'ajustement. La
main semble n'avoir pas assez de
doigts pour porter les bagues, elles
sont en quantité. Enfin ce costume
peut se monter à la valeur de cent
mille livres sterlings en espèces.

Quand la Sultane donne à dîner,
l'étiquette turque est de servir sur
sa table, un à un, ni plus ni moins
que cinquante plats. Les lames de
couteau sont d'or et le manche est
garni de diamants; les nappes et
les serviettes sont brodées en soie
et en or, et ne le cèdent point

pour la finesse et le travail aux plus beaux mouchoirs turcs qui sont si renommés. A l'issue du dîner, on en donne d'autres qui ne sont pas de moindre prix pour s'essuyer les mains après les avoir lavées dans des bassins ou cuvettes d'or.

Quand la première des Sultanes se propose, en sortant de table, de passer dans les jardins du sérail, ses femmes viennent lui couvrir ler épaules d'une espèce de mante de brocard, doublée d'une peau de martre pour prévenir les effets de l'humidité de l'air.

La toilette de sa chambre à coucher mériteroit une description particulière. On y est frappé surtout à la vue de deux superbes

1 **

glaces dont plusieurs chapelets de perles forment l'encadrement.

La coëffure de nuit de la sultane est toute parsemée de pierreries, et quand elle va pour se mettre au lit, elle a le choix de trois camisoles, ou soubrevestes de la plus belle martre. La moins riche de ces trois camisoles de nuit reviendroit a plus de deux cents livres sterlings ; tous ces vêtemens se trouvent jettés négligemment sur un sopha. Elle a trente femmes esclaves à son service, sans compter dix petites filles, dont l'aînée à peine a neuf ans. Tout ce domestique est costumé avec faste et élégance ; des guirlandes de fleurs entrelacent leur chevelure, et une légère étoffe d'or forme le tissu de leurs vêtemens ; elles servent la princesse à genoux.

Toute cette magnificence sent le roman, et pourtant le narré est exact, et encore n'a-t-on pas tout dit. Il existe un harem du Grand Seigneur où l'appartement d'hyver est lambrissé avec des nacres de perles, avec de l'ivoire et du bois d'olivier. C'est une véritable bon-bonnière d'ébénistrerie, et qui ne diffère de celles qu'on met dans la poche quepar la grandeur.

Les murailles de l'appartement d'été sont revêtus de porcelaines de l'Inde ; tous les plafonds sont incrustés de plaques ou de lames d'or. On foule sur le plancher des tapis de Perse, d'une bien plus grande valeur, quant à la matière, que

nos plus belles tapisseries des Go-
belins.

On a vu les appartemens d'une
sultane pendant la mauvaise saison, tendus d'une tapisserie toute
de velours ciselé à fond d'or : les
mêmes, dans les plus beaux jours
de l'année, se trouvent garnis des
plus beaux matelas des Indes brodés en or.

Une remarque générale à faire,
c'est que dans l'intérieur des sérails, au quartier des femmes, il
règne une propreté qui surpasse
la vétillerie Hollandoise.

Les amours du sérail sont tous
hyéroglifiques, à la manière Egyp-
tienne. On ne s'écrit pas, on se
peint, on s'envoie des petits tableaux. La figure d'une fleur, d'un

animal, d'un astre, compose souvent tout un billet doux, ou tout
au moins une phrase entière : deux,
ou trois dessins brodés peuvent
fournir les matières d'un roman.
—— En voici un exemple.

—— Pour dire à sa maîtresse : ——
« Vous êtes belle et déliée comme
» une giroflée, (cette fleur a beaucoup d'amateurs en Turquie) « je
» languis pour vous comme une
» jonquille. Que les beaux jours
» soient pour vous, et les chagrins
» pour moi. Je brule : ma flamme
» me consume : soyez la couronne
» et la plus belle parure de ma
» tête. »

L'amant, au lieu d'écrire tout
cela, peint ou fait peindre une
giroflée, une *jonquille*, une *rose*

et ses *piquans*, une *mèche allumée*
et des *cheveux*.

La ci-devant galanterie française
n'étoit pas plus ingénieuse ; et ce
qui ne doit surprendre que ceux
qui n'ont point la connoissance du
cœur humain, et qui ne saisisse
pas bien l'esprit des nations, c'est
qu'en Turquie on allie merveilleu-
sement ensemble les affaires de
Dieu et celles de l'amour.

La sultanne *Validé* a pour son
seul usage une mosquée entière qui
est toute de marbre, et qui n'a de
comparable en Europe que l'église
de S. Pierre de Rome.

Le Panthéon de Paris, et la superbe église de S. Paul de Londres
feroient une pauvre figure, mis à
côté de cette mosquée. Cela n'em-

pêche point qu'à Constantinople les deux tiers des bâtimens du sérail ne soient consacrés aux femmes.

Les Turcs, tout en les méprisant, font pour elles plus de folies que tous les autres peuples ensemble : il y a plus, et nous invoquerons pour cela un témoignage qui ne peut être soupçonné, celui d'une femme, d'une Européenne. « On nous parle, dit-elle, de la servitude des dames turques, cependant (ajoute-t-elle avec assurance) il n'est peut-être point d'êtres dans tout l'Univers qui jouissent d'une plus grande liberté ; elles sont même les seules dont l'existence entière soit une trame continue de plaisirs, sans aucun alliage de soucis. Dépenser de l'argent et inventer des modes, seroit le comble de la félicité pour nos dames Françaises et Bretonnes. Eh bien ! celles de Constantinople goûtent dans le sérail ce bonheur suprême. Pour une femme un peu philosophe le sérail est le paradis de Mahomet. Un mari turc seroit regardé comme un esprit bizarre et ridicule, s'il étoit assez mal conseillé pour oser refuser quelque chose à sa femme, ou mettre des bornes à sa dépense. C'est à lui a remplir la bourse de sequins à mesure qu'on en tire.

Ces mœurs ne sont pas seulement celles des grands de la cour Ottomane ; on les retrouve encore dans le rang de ceux que nous appellions jadis en France, *petits bour-geois*. Le plus petit mercier de Constantinople, même celui qui est ambulant, et qui va de porte en porte offrir ses petites marchandises passés sous son bras, permet à sa compagne de s'habiller en brocard; Madame a sa fourrure de martre, et ne sortiroit point de chez elle sans avoir sur la tête son panache de pierreries.

Nous avons parlé du cérémonial et de la pompe fastueuse du mariage d'une princesse du sang de sa hautesse, voici maintenant les préliminaires de l'hyménée d'une Turque prise dans la classe mitoyenne. La veille de son union, les parents, amis et connoissances des deux familles qui vont s'unir,

2

se rendent au bain, ainsi que beaucoup d'autres citoyennes attirées par la curiosité, ce qui forme une assemblée de deux à trois cents femmes. Celles qui sont mariées, et les veuves, se placent autour des trois salles sur des sophas de marbre, espèces de trottoirs. Les filles mettent bas jusqu'au dernier vêtement, et ne gardent d'autres voiles que leur longue et superbe chevelure, séparée en plusieurs tresses qui retombent au-dessous du jarret, et toutes parsemées de perles, attachées avec quantité de rubans. Deux de ces filles vont à la porte du bain pour recevoir, à son entrée, la jeune mariée, accompagnée de sa mère et d'une parente d'âge mur. L'épousée toute

éclatante de diamans et chargée
de pierreries, étant arrivée, les
filles qui l'attendoient la désha-
billent en un clin d'œil, et la
mettent dans l'état de pure nature
où elles sont déjà elles-mêmes.
Deux d'entr'elles brûlent des parfums autour de la jeune mariée,
et en remplissent des vases de
vermeil pour servir pendant la
marche : alors tout le cortège se
range deux à deux, et la procession commence, ouverte par les
deux plus jeunes d'entre toutes
ces aimables filles, chantant les
premiers couplets d'une espèce
d'hymne turc en l'honneur de l'hymen ; toutes les autres repètent le
refrein en chœur ; enfin l'épousée
termine la marche : elle est menée,

2 *

ou plutôt soutenue par deux de
ses bonnes amies, les compagnes de
son enfance et de sa jeunesse. Elle
a soin de baisser modestement les
yeux, et de bien jouer le rôle
d'une innocente pudeur.

C'et d'ans ce bel ordre qu'on
fait trois fois le tour des trois
grandes salles du bain. Sans doute
que Mahomet a pris l'idée de ses
houris dans l'une de ces cérémonies qui doivent dater de loin. Ce
spectacle doit être divin.... Il n'y
manque que des spectateurs d'un
sexe différent. Lecteur bénévole,
peins - toi une cinquantaine de
charmantes filles, aussi nues qu'Eve
avant la scène de la pomme, mar-
chant avec décence, et se tenant
par la main deux à deux, étalant

les plus belles formes, éblouissant
par l'éclat de la peau la plus fine,
et d'un poli qui fait honte à l'al-
bâtre: le sourire ingénu est sur
leurs lèvres; la douce confiance est
dans leurs yeux, certaines que l'œil
profane ne s'ouvre point sur elles.
— Nous sommes encore des éco-
liers auprès de ces Turcs qu'on
nous peint si grossiers. Ce cérémonial prouve qu'ils sont passés
maîtres en fait de volupté. Albane!
que n'as-tu assisté à ces tableaux
délicieux; tu n'aurois pas été obligé, plus d'une fois, de peindre
d'après ta riante imagination; mais
peut-être aussi que les pinceaux
seroient tombés de tes mains à
cette vue. L'amour, il est vrai,
les eût remplacés par son flambeau.

∗∗

La procession achevée, la mariée
est présentée aux femmes dont elle
va bientôt grossir le nombre, et
aux épouses mères : elle va les sa-
luer l'une après l'autre, toujours
dans son costume de pure nature.
Chacune de ces femmes lui rendent
sa politesse, et lui adressent quelques paroles de félicitation qu'elles
accompagnent d'un cadeau soit en
diamans, soit en étoffes : la mariée
les remercie en leur baisant la main.

Les Grecs et les Romains si van-
tés n'offrent point d'usages dignes
d'être comparés à celui-ci pour la
touchante simplicité, et pour la
beauté du coup d'œil.

Nous ne pouvons nous empêcher
de le répéter ; les Turcs ne sont pas
si *Turcs* que l'on pense. C'est dom-

mage qu'ils soient si jaloux ; mais peut-on en faire un crime au peuple qui possède les plus belles femmes de la terre ? cependant leur jalousie la plus énergique, est moins perfide, moins astucieuse qu'en Italie.

Néanmoins on a quelquefois trouvé le matin dans les rues de Constantinople des femmes assassinées d'un coup de poignard.

Passons maintenant à un sujet plus gai, et parlons de la musique turque. Voici les principaux instruments de chambre en usage dans le sérail et les harems.

Ils appellent *Keman* leur violon qui ne diffère presque point du nôtre. Ils en ont un second qu'ils ont imaginés, et qu'ils désignent sous le nom de *Keman-Ajakali*. Cette nouvelle espèce a une pedale : on se sert de cet instrument, comme chez nous de la basse.

Ils ont la viole-d'amour, *Keman-siné*.

Rebab est un instrument à archet, de deux cordes ; la caisse en est ronde et de figure sphérique, avec une petite ouverture dans la partie convexe : cet instrument a vieilli chez les Turcs ; ils en jouent aussi rarement que nous de la vieille.

Le *Tambur* a huit cordes dont sept sont d'acier , et l'autre de laiton ; le manche est assez long pour y trouver la mesure des tons en le touchant : on en joue avec une petite lame flexible d'écaille : cet instrument est fermé ; il n'y a de trous nulle part.

La *Neï* est une sorte de flûte traversière taillée avec un roseau; elle rend des sons aigus, à l'instar de la flûte Allemande : on peut aussi en tirer des sons semblables à la voix d'une femme.

Le *Ghirif* est un diminutif du *Neï*, il a un son moins bas.

Les Turcs ont un *Neï* à octaves; ils n'en font usage que dans les concerts.

Le *Mescal* est un instrument à plusieurs tuyaux inégaux comme ceux de nos orgues ; et gradué de manière qu'il forme plusieurs octaves de sons, tel à-peu-près que la flûte champêtre dont la fable attribue l'invention à *Pan*, le dieu des pasteurs et des troupeaux. Le *Mescal* contient jusqu'à vingt-cinq

tuyaux liés ensemble , dont chacun donne trois sons , selon la manière qu'on y introduit le souffle.

Le *Santur* , c'est notre vieux
psaltérion avec des cordes de métal;
on se sert de petites verges pour en
toucher.

Ils ont aussi une autre espèce de
psaltérion appellé *Banum*, et qui n'a
que des cordes de boyaux. Les femmes du sérail en touchent avec des
écailles armées de coco.

Le *Dairé* est un cercle large de
trois pouces sur une partie duquel
on tend une peau : on y attache en
cinq endroits sur de petits axes de
fer deux petites lames rondes de
laiton, qui accompagnent par leur
tintement le son de la voix de celui ,
ou de celle qui en touche : on se

sert de cet instrument pour marquer la mesure.

Dans le sérail il y a un corps nombreux de musiciens, qui plusieurs fois dans la semaine y donnent des concerts.

La poësie est sœur de la musique. Les Turs ont aussi leurs poëtes, des poëtes galants ; et ils comptent plus d'un Anacréon. Qu'on me permette de donner ici un petit échantillon d'une jolie chanson musulmane qui a été composée pour le Grand Seigneur par un poëte de la cour. Je ne me chargerai pas de la traduire en vers ; je bornerai mes essais à l'humble prose : « Au fond » d'un bois de roses , sur un » parterre de tulippes , Achmet » répand les doux rayons de ses

» yeux. Il est le rossignol quand il
» voltige au milieu des jeunes fil-
» les. Prince sois satisfait, et jouis
» vîte, car le gai printemps passe
» plus vîte encore. »

Le dernier empereur Turc au-
quel a succédé sa hautesse régnante,
mourut en 1788, il étoit parvenu
sur le trône en 1774 : et il avoit
pris naissance en 1725. — Le plus
grand évènement de sa vie fut d'a-
voir fait remonter le fameux diamant que les sultans de Constantinople portent à leur turban dans les
grands jours d'étiquette. Ce bijou
inestimable a presque la forme d'un
cœur ; il pese au moins soixante
carats. Il y en a de plus gros, car
celui de l'impératrice de Russie se
monte à 270 carats, mais il n'est

pas à beaucoup près d'une aussi belle eau ; de plus, le diamant Turc est entouré d'une grande quantité de superbes brillants. On conserve encore dans le trésor du sérail un diamant beaucoup plus gros , et que Miladi Montagu , qui dit avoir tout vu en Turquie , n'a pourtant pas vu.

On ne peut guères parler des femmes de ce pays , sans dire un mot des Eunuques qui les servent ou qui les gardent. On en distingue de deux sortes, comme je l'ai déjà dit plus haut , savoir les Eunuques blancs , ou simplement taillés, et les Eunuques noirs, ou *rasés* comme on dit à Constantinople *à fleur de ventre.* Le nombe en est prodigieux. Il s'en fait tous les

3

ans, rien que dans une seule province, un commerce de plus de vingt mille.—— Les eunuques *complets* se vendent jusqu'à six cents écus : cent cinquante écus est le prix des eunuques ordinaires.

Leur chef, *Capi - Aga*, grand maître du sérail, a sa table défrayée par le prince, et en outre dix sultanins par jour. (Un sultanin est une monnoie qui représente l'ancien écu de six livres de France.)

L'origine de la mutilation absolue des ennuques noirs est plaisante, si toutes fois il peut y avoir quelque chose de plaisant dans la dégradation de l'espèce humaine, et dans le plus sanglant outrage qu'on puisse lui faire. L'empereur

Soliman II vit une fois un cheval hongre qui sailloit une jument : il en conclut que les eunuques qui gardoient ses femmes pourroient de même amuser leurs vains desirs. A quoi voulant s'opposer, il fit tout raser, et les successeurs de sa hautesse adoptèrent cet usage.

Le Grand Seigneur fait quelquefois ses largesses à ses eunuques et à ses femmes. Il donne *une bourse* aux premiers, qu'on peut évaluer à cinq cents écus. La *bourse d'or*, dont il gratifie quelquefois ses sultanes, se monte à quinze mille séquins, c'est-à-dire près de trente mille gros écus de France.

Cette profusion est sans préjudice du gaspillage qui se fait pour l'entretien de l'intérieur du sérail.

3 *

On y renouvelle tous les ans les bû-
chers, en y faisant entrer quarante
mille charretées de bois. On no-
tera que chaque charretée est chargée d'autant de bois que peuvent
tirer deux bœufs vigoureux ; ensorte que le sérail consomme, année commune, cent mille voies de
bois. Rien que pour le bain de la
Sultane, quinze *ichoglans*, des
plus robustes, sont employés presque continuellement à entretenir
le feu.

Puisque nous sommes revenus
aux bains, disons ici une particu-
larité très-singulière que nous
avons oublié plus haut. Au mépris
de la malédiction prononcée par
Mahomet, contre ceux ou celles
qui se laissent voir nuds, les fem-

mes du Grand Seigneur se servent
de leurs esclaves pour se délivrer
de la toison qui recouvre certaines
parties secrettes ; autrefois elles
faisoient usage pour cela d'une
terre qui, mêlée avec de l'orpi-
ment, acquéroit la vertu de faire
tomber tout le poil du corps quand
on s'en frottoit. Mais depuis plusieurs années les belles du sérail y
ont renoncé, parce que cette espèce d'onguent brûloit, ou tout
au moins *chagrinoit* la peau. Elles
y ont substitué des pincettes de la
forme et de la petitesse de celles
qu'on emploie pour s'épiler la
barbe, et donner une forme régu-
lière aux moustaches. La pincette
fait avec moins de risque ce que
cette terre opéroit en moins de

3 **

temps et avec plus de douleur. On
s'épile ainsi tout le poil du corps;
car les Turcs, hommes et femmes,
n'en peuvent souffrir sur aucune
partie. En cela ils n'ont point con-
sulté la nature, qui plus savante
et plus habile qu'eux, a jugé à
propos de voiler le sanctuaire du
plaisir; ensorte que le temple de
l'amour fût comme ceux des anciens, toujours ombragé d'une espèce de bois sacré plus favorable
au mystère : mais les Turcs ne
sont qu'épicuriens. L'imagination
et le cœur n'entrent presque pour
rien dans leurs jouissances; ils s'en
tiennent aux sens et sont de l'avis
de Buffon qui a dit, je ne sais
dans quel coin de son Histoire na-
turelle ; *en amour il n'y a que le
physique de bon.*

Dans leurs préjugés les Turcs ont cela de plus raisonnable que nous, qu'ils ne souffrent dans leurs sérails aucuns tableaux à figures, représentant des scènes libidineuses; ils aiment mieux en être les acteurs, et font peu de cas du plaisir en peinture.

Les objets les plus précieux du trésor de sa hautesse, sont des coffres remplis d'ambre gris, de musc, de bois de sandal et d'aloës. Le bois d'aloës vaut mille écus tournois la livre, selon qu'il est gros. On y trouve aussi des pierres de Besoard, quantité d'aromates, des parfums de toutes sortes, et surtout force mastic à l'usage presqu'exclusif du Grand Seigneur, des Sultanes et autres filles du sérail, destinées à ses plaisirs : en effet, elles ont continuellement de ce mastic dans la bouche pour se conserver l'haleine fraiche et les dents nettes.

Dans ce même trésor est une provision de bougies longues de trois pieds ; elles sont grisâtres ou de couleur cendrée : c'est une composition de cire mélangée d'encens et autres matières parfumées, en sorte qu'elles ont le double avantage de répandre la plus belle lumière, et les plus douces odeurs. Ces bougies qui se fabriquent chez les Éthiopiens, et dans l'Arabie heureuse coutent cent écus tournois la pièce : elles sont encore mises en réserve pour l'usage des snltanes favorites qui ne les brûlent que quand le Grand Seigneur les honore de sa visite. Pendant tout le temps qu'il demeure chez l'une d'elles, on allume deux de ces bougies portées sur de grands candélabres d'or enrichies de pierreries. Quand elles sont un peu plus qu'à demi brûlées, les eunuques noirs en allument d'autres, s'emparent des restes, (ce sont leurs profits) et en donnent pour faire leur cour, les bouts aux principales femmes que les sultanes ont toujours auprès de leurs personnes.

L'entrée solemnelle à Constantinople de la sultane *validé*, mère du Grand Seigneur, est trop curieuse pour n'en pas donner ici les détails les plus piquans..

Dès le matin les janissaires s'emparent des portes de la ville, sur le chemin qui mène au sérail. L'heure de la cérémonie arrivée, la marche s'ouvre par les officiers de cuisine tous montés à cheval. Ensuite viennent les *spahis*, gardes du corps de la Sultane, au nombre de quatre cents : ce sont de beaux cavaliers vêtus avec autant de richesse que d'élégance.

Le *Spahi-Bachi* succède, portant sur la tête une aigrette de trois pieds de haut. Au poitrail de son cheval sont attachées une douzaine de petites écharpes.

On voit ensuite un spectacle fort bizarre, qui rappelle le fête des *fols*, qui étoit en usage chez nos bons ayeux en France. Ce sont douze hommes, espèces de maîtres

de cérémonies , portant sur l'é-
paulè un bâton d'argent. Leurs ha-
billemens sont garnis de sonnettes,
et en outre ils sont coëffés d'un
bonnet à oreilles d'âne qui pen-
dent en bas.

Une troupe d'eunuqnes noirs
marchent devant les carosses : celui de la Sultane est attelé de six
chevaux blancs. Deux eunuques
noirs se tiennent à chaque por-
tière, qui sont fermées d'un petit
treillis doré, afin que la princesse
puisse voir sans être vue. Outre
cette précaution de la jalousie turque, à mesure que le carosse che-
mine, on crie au peuple de tour-
ner vite les yeux, et de s'écarter.
Si la foule n'obéit pas assez tôt,
des coups de plats de sabre sont

distribués avec largesse aux curieux et aux traîneurs.

Voici des usages d'un autre genre, mais également bons à connoître. Les Turcs donnent le nom d'*Akserai* (palais blanc) à une rue de Constantinople, à cause des beaux bâtimens qui la composent et dans lesquels les janissaires ont leurs chambrées. Défenses sont faites aux femmes, même à celles des janissaires, de passer par cette rue. Si elles bravoient cette consigne, elles perdroient le droit de demander, et d'obtenir la réparation des outrages qu'elles auroient pu recevoir en passant. — Mais il en est autrement des femmes de mœurs suspectes, et des filles publiques qui s'y rendent en bonne fortune :

fortune : l'usage est qu'elles en-
foncent une cheville de fer dans
la muraille au coin de la rue ; elles
y suspendent un turban : à cette
espèce d'enseigne l'homme sage est
averti de prendre un autre chemin ;
car l'imprudent qui continue sa
route s'expose à toutes les chan-
ces, et s'il s'en trouve dupe, il ne
peut en vouloir qu'à lui.

Mais à bien voir les choses, ces
femmes qui se chargent volontai-
rement des plaisirs du public, ont
plus d'honnêteté et de délica-
tesse que les sœurs et les filles
du grand Sultan. La rue du *palais
blanc* n'est le théâtre que de quelques galanteries, inévitables dans
un climat chaud ; mais à la cour
ottomane il se passe des scènes

Tome II. 4

d'une plus grande scélératesse : l'empereur n'attend pas que sa fille ou sa sœur soit nubile pour la pourvoir d'un mari ; il la fiance dès le berceau pour se décharger sur le mari du soin de son éducation, et des frais de son entretien. Quelquefois cependant il arrive que ce mari en idée meurt avant la célébration de la noce, parce que sa sublime hautesse lui cherche noise, et ne manque pas de prétexte pour lui envoyer pour dot de sa prétendue le fatal cordon des muets : alors la jeune sultane est destinée à un autre Pacha, qui de ce moment hérite des prétentions, des honneurs, et de toutes les charges du défunt. C'est ainsi qu'on vit en moins d'une année la sœur d'Amurat IV avoir quatre maris sans devenir fémme pour cela. La cérémonie de son mariage étoit a peine achevée, que l'époux étoit dénoncé à sa hautesse pour quelque crime imaginaire ; et sur le champ, sans plus de formes, on le condamnoit à aller consommer son mariage avec Proserpine. Le prince alors pour grossir son propre trésor , ordonnoit la confiscation de tous les biens et effets du malheureux, au profit de la sultane, comme à sa très-honorée et légitime épouse : voilà un échantillon de la politique musulmane.

Rapportons une anecdote qui mieux que de longues observations peindra tout à-la-fois les mœurs galantes et cruelles des Turcs. — Un poëte de chez eux avoit pour

4 *

maîtresse depuis long-temps une
femme déjà sur le retour, et dont
les appas sillonnés par l'âge sem-
bloient ne devoir plus obtenir
d'hommages ; mais son amant y
suppléoit par le secours de son
imagination. Il composa une chanson dont le sens étoit dans le style
Oriental : « Celle que j'aime res-
» semble à une mosquée un peu
» en ruines, mais l'autel n'est pas
» encore détruit. . . . »

On aura peine à croire sans
doute que ce poëte fut dénoncé au
Cadi pour cette saillie fort innocente : on l'accusa de blasphéma-
teur, parce qu'il avoit comparé à
un vieux temple le visage flétri de
sa maîtresse ; et à un autel cette
autre partie de son corps, où il

avoit tant de fois sacrifié à l'amour.
Le juge n'entendit pas la plaisan-
terie, et le poëte fut condamné à
mort comme impie.

Revenons à la Circassie que nous
avons déjà citée. Cette province
d'Asie est pour ainsi dire le maga-
sin des plus belles femmes de la
terre : aussi paye-t-elle au *Kan*
des tartares de la Crimée, dont
elle dépend, une rétribution an-
nuelle de cent filles. La beauté
caractéristique d'une Circassienne
consiste à avoir les doigts petits
et les pieds courts : celle qui en a
de gros est menacée de vivre et de
mourir vierge, à moins qu'une riche dot ne lui fasse trouver un
mari : aussi dès l'âge de sept ans
on met à une fille des menottes de

4 **

fer, une sorte de ceinture de cinq à six doigts de large, et des sabots étroits à ses pieds; c'est ce qu'on appelle la former, lui faire une belle taille. On donne à ses membres tendres encore le pli qu'on veut; on diroit d'une figure de cire qu'on pétrit à son gré. On ne permet pas à une jeune Circassienne qu'on destine à briller dans le monde, de coucher et de dormir sur deux matelas de plumes, dans la crainte qu'elle ne prenne trop d'embonpoint. On peut acheter des Circassiennes tant qu'on veut, ou plutôt tant qu'on a de l'argent pour les payer, mais en ravir une seule passe pour un crime capital. Elles ont en général les formes du corps admirablement proportionnées. On leur accorde aussi beaucoup d'esprit naturel , et suscep:ible de culture. On assure aussi qu'avec tant de motifs pour avoir de l'orgueil , elles montrent au contraire beaucoup de modestie.

Dans les Bazars ou marchés publics de femmes, une Circassienne est vendue le double d'une Allemande. Celle - ci étant ordinairement d'une forte complexion, passe pour être peu propre à donner du plaisir : ainsi dans un marché où l'on aménera pour être trafiquées plusieurs femmes esclaves du même âge, de même force , et d'une égale beauté, la Circassienne montera à mille écus Impériaux, la Polonoise à six cents seulement, la Moscovite à quatre cents, et l'on ne donnera que deux cents cinquante écus au plus d'une Allemande. Au reste, il est des cas où les Turcs se montrent moins difficiles.

Il y a parmi eux une secte de Musulmans qui tiennent des assemblées nocturnes, pendant lesquelles les deux sexes se mêlent comme frères et sœurs, en mémoire de l'ancien précepte, *croissez et multipliez*. On éteint les bougies, et le hazard forme les unions : mais aussi, passé ce temps, l'homme surpris en adultère est regardé comme infâme, impie, et est de suite condamné au dernier supplice sans rémission. Ces sectaires vivent dans les montagnes.

Faisons maintenant l'application de quelques-uns des usages Turcs,

que nous avons déjà fait connoître;
car c'est surtout par les actions
qu'on peut juger des mœurs.

La sultane *Validé*, mère de
l'empereur Achmet III, avoit pour
sa trésorière une fille Circassienne
d'une beauté rare. Achmet, avant
son avènement au Croissant impérial, en devint épris, et au moyen
de l'*Aga* de sa mère, trouva le secret d'entretenir, avec sa maitresse,
un commerce épistolaire. La *Validé* découvrit cette petite intrigue,
en parla à son fils qui lui avoua sa
passion, et l'inutilité des reproches. Il ne put cesser de l'aimer.

La sultane, pour guérir le jeune
prince, n'eut plus d'autre ressource
que de mettre hors du sérail l'objet de tant d'amour, et de la ma-

rier. Elle envoie chercher son médecin, et lui dit que pour récom-
penser sa science et son zèle à la
servir, elle donnoit à son fils en
mariage sa trésorière. Achmet III
apprend cela; il écrit ce billet au
père du futur : « Sache que la fille
» qu'on a mis en ta possession pour
» la faire passer dans les bras de
» ton fils, m'appartient : je la re-
» vendique : garde-toi qu'aucun
» des tiens n'y touche. Si tu me
» désobéis, crains ma colère quand
» je serai empereur. » — Voilà le
médecin fort embarrassé; le voilà
menacé par le prince et par sa
mère.... Après la célébration, au
moment où l'on conduisoit les deux
mariés à leur appartement nuptial,
il prend l'époux à part, et lui dit :

« — Tu ne sais pas mon fils , les
» dangers que nous courons : le
» fils de la sultane est l'amant de
» cette belle fille qu'elle te donne
» pour femme. Ah ! mon enfant !
» abstiens-toi de ce fruit défendu ,
» n'y tonche que des yeux : ne
» porte pas la main et les lèvres à
» un mets réservé pour la table du
» jeune prince : que cette belle Cir-
» cassienne soit ta femme en public,
» et ta sœur dans le particulier. »

Le fils du médecin , qui n'étoit
point amoureux, déféra aux avis
de son père ; la mariée n'eut pas
de peine non plus à s'y conformer.
Le mari alla donc passer la nuit
dans un cabinet voisin , et tout cela
se passa de manière que l'appartement de femmes n'en sçut rien; Ach-

met lui-même ignora le succès de
sa lettre, et la docilité du médecin.
Les épouses du grand Visir, et des
autres Bachas, vinrent complimen-
ter la jeune femme. Le prince alors
ne doute plus de son malheur, il
tombe dans une tristesse morne qui
fait craindre pour ses jours. Mais
il y a un dieu pour les amants fidè-
les.... Mustapha, son frère, vint
à être déposé, Achmet est procla-
mé à sa place et son premier acte de
souveraineté, ou plutôt de despo-
tisme sanguinaire, fut d'ordonner
le supplice du médecin. Celui-ci
demande avec instance à parler à
sa hautesse en particulier : il l'ob-
tient. Il est introduit dans le cabinet du Sultan a qui il raconte
comment les choses avoient eu lieu.

— « O ! mon maître ! moi et mon
» fils, fais-nous tous deux punir de
» mort, si la belle Circassienne
» qui a trouvé grace devant tes
» yeux, ne se trouve pas aujour-
» d'hui aussi intacte, aussi vierge
» qu'elle l'étoit au sortir du sérail
» pour entrer dans ma maison. »
On peut juger des transports du
prince. Il envoya aussitôt ses eunuques pour vérifier le fait. La belle
Circassienne fut examinée, le
rapport mit le comble au bonheur
du prince, et le médecin fut
pardonné. Dans les premiers momens de son ivresse, il vouloit
l'épouser. Mais la sultane *Validé* fit
sentir respectueusement à l'empereur, son fils, l'inconvenance de
cette union, et le mauvais effet

qu'elle produiroit sur les esprits à un avènement au trône. Achmet III se rendit à ces considérations, et fit épouser sa maîtresse à l'*aga* qui la lui avoit conservée, mais ce fut sous une clause expresse qu'on devine aisément. Ce nouveau mari ne fut que le gardien de la favorite. Le prince alloit la voir souvent en secret, et quelquefois aussi, ce qui ne s'étoit jamais vu, il la faisoit amener au sérail avec une pompe vraiment impériale. L'époux pour récompense obtint trois queues, et depuis devint amiral. — Tels sont les canaux de la faveur à la cour Ottomane. Au reste, c'est par tout de même, et cette avanture, en changeant les noms et les localités, pourroit figurer dans l'histoire des autres cours de l'Europe.

Le mariage turc est une promesse, ou un contrat si l'on veut, revêtu de l'autorité du *Cadi*. La religion n'y est pour rien et la cérémonie ne se passe point dans une mosquée. Le jour des noces arrivé, (quelquefois quatre à cinq ans après les fiançailles) les parens du mari vont prendre l'épouse chez elle pour la conduire au logis marital. Introduit edans la chambre nuptiale, elle la trouve ornée de tou ces menus objets qui constituent la dot et les présens, c'est-à-dire les habits, ceinture d'argent, bracelets et colliers d'or, chemises, caleçons, pantalons et mouchoirs brodés ; ensorte que l'appartement ressemble à l'étalage d'un marchand en foire. Au fónd

5 *

de la pièce est un pavillon de
satin , couvert de plaques d'argent , en forme de feuilles de
vigne , ce qui a l'air d'un petit
trône ou tabernacle , sous lequel
on place la mariée quand elle arrive : ce doit être là le lit nuptial
destiné pour la consommation du
mariage, après qu'on a jetté dessous
deux ou trois matelas couverts de
brocards , avec des coussins tout
autour et de même étoffe.

L'appartement reste ainsi paré
pendant une vingtaine de jours.
Le soir venu , l'époux est introduit au son des flûtes et des tam-
bours de basque. Les femmes se
retirent et l'épousée reste seule, la
tête couverte d'un grand voile
rouge que son mari lui ôte en en-

trant après l'avoir saluée : mais tout aussitôt il lui ordonne de lui tirer ses bottines, afin de l'accoutumer de bonne heure à l'obéissance.

Le lendemain les amis de l'époux viennent le prendre pour le mener au bain ; là il leur donne une belle collation, ou le sorbet, le caffé et l'eau-de-vie ne sont point épargnés.—L'épousée en fait autant de son côté ; et ses compagnes exécutent des danses autour du grand réservoir du bain des femmes.

Un Turc qui fait le commerce, a ordinairement une femme et un ménage dans les principales villes où il trafique.

Un mari, bon Musulman, ne doit sacrifier à l'hymen qu'une fois par semaine.

5 **

Les femmes turques vont nuds
pieds à la maison, mais elles ne
marchent que sur des tapis ou des
nattes : on en trouve chez le pauvre comme chez le riche. Quand
elles vont dehors en visite, ou
pour quelqu'affaire, elles se passent des haut-de-chausses de velours, ou de drap rouge, et prennent des souliers jaunes dans leurs
pieds.

Les Turcs ne changent point
d'habits selon la mode. Ils conser-
vent les anciens usages, et leur
costume est dépouillé de ces petites
recherches journalières si commu-
nes ailleurs. Les femmes n'étalent
point par les rues la beauté de leurs
robes, attendu qu'elles se recouvrent d'une espèce de grande sou-

tane de toile blanche qui prend de la tête aux pieds.

Les femmes à prétention, en Turquie, se peignent les pieds et les mains avec une certaine herbe qu'on laisse sécher pour la piler et la réduire en poussière. On l'appelle *henné*. Avec cette espèce de pastel, dont il se fait un grand débit, et qu'on vient à bout de fixer au moyen d'un mordant, les élégantes Musulmanes représentent sur leur peau fine et blanche des roses et autres figures de fantaisie fort grossièrement exprimées ; ce qui les enlaidit au lieu de les embellir ; car cette couleur d'abord noire, deux jours après se change en un rouge pâle, sale et jaunâtre, qui reste empreint plus d'une se-

maine, quelque soin qu'on preune
de se laver avec du savon. Ces
mêmes petites maîtresses ont une
autre manie, c'est de s'élargir les
sourcils et de les rendre épais d'un
pouce, en leur appliquant une
teinte noire. On auroit autant de
peine à les faire renoncer à cette
coquetterie barbare, qu'à persua-
der à certaines autres femmes d'Europe de se défigurer le visage avec
de la céruse, du carmin et des
mouches.

Les Musulmanes, et même celles
que la nature trop indulgente a
comblé de ses dons, se jettent sur
le front de la poudre d'or qu'elles
savent fixer avec une colle odori-
férante. Ce cosmétique, plus ridicule encore que le reste, est sur-

tout en usage pour les jeunes épou-
sées.

Mais ce qui est passé en coutume universelle, ce sont les *savo-*
nettes épilatoires. Filles et garçons,
hommes et femmes, tout le monde
s'en sert pour se rendre la peau
comme un satin, sans y laisser la
plus petite trace de poil. Ces savonettes ordinairement sont assaison-
nés de musc, de civette, et prin-
cipalement d'ambre. — Il arriva à
ce sujet une assez plaisante aventure dans les bains de Constantinople.

Un vieil avare s'y rendit après
les autres. Il trouve de ce savon
parfumé qu'on avoit oublié : peu
au fait des sensualités et de la re-
cherche de la toilette des femmes

et des amans, notre Musulman ravi
de son odeur, croit n'avoir rien de
mieux à faire que de s'en laver tout
le visage pendant un bon espace de
temps. Il s'en frotte à plusieurs re-
prises, et ses sourcils et ses moustaches, et sa barbe qu'il avoit belle,
longue et touffue : il se délectoit à
se parfumer ainsi aux dépens d'au-
trui : mais quel fut son étonnement
lorsque voulant peigner cette barbe,
elle lui resta toute entière dans la
main ! il en fut de même de sa
moustache et de ses sourcils; ensorte que notre Turc avare qui, en
entrant au bain n'étoit déjà pas
trop beau, en sortit laid cemme un
monstre, comme un vieil eunuque
de la dernière classe. Furieux, au
désespoir de se voir ainsi maltraité,

et ne sachant à qui s'en prendre, il court s'en plaindre au Cadi, qui n'eut d'autre satisfaction à lui donner que de défendre l'usage des *savonettes épilatoires à l'ambre.*

La loi de Mahomet en défendant le vin ne s'est point expliqué sur l'eau-de-vie, aussi les Turcs en boivent-ils largement ; et leurs femmes s'en passent le plus rarement qu'elles peuvent.

La favorite d'un sultan qui régnoit il y a bien un siècle, voyageant à la suite de son maître bien aimé, crut qu'il étoit de sa dignité d'offrir une superbe colation à toutes les dames de la ville de Bagdat.

Parmi les fruits et les confitures,

et quoiqu'il y eu profusion de sorbet, on servit plusieurs flacons d'eau-de-vie. L'épouse d'un *Santon* (hermite Turc) assistoit à cette fête ; prenant occasion de déployer son zèle apostolique, elle déclama contre les femmes sans retenue qui qui s'enivrent à l'exemple des hommes. C'étoit faire le procès à la Sultane favorite, qui étoit d'autant plus vindicative, qu'elle étoit toute-puissante.

Le soir se trouvant seule avec le Sultan, elle feignit la plus grande tristesse ; des pleurs même coulèrent de ses yeux...... « Seigneur, » lui dit-elle, ne m'approchez pas, » ne me touchez point, je suis une » profane. Le santon du lieu m'a » déclarée ainsi, et sa femme a

» osé me le dire en face au milieu
» de toute la ville. »

Il n'en fallut pas d'avantage.
« Le téméraire !... s'écria le prince
» en fureur ! Quoi il ne respecte
» pas mes plaisirs, celle en qui
» j'ai placé toutes mes complai-
» sances ; sous le voile de la reli-
» gion, il insulte à son prince,
» dans la personne de ce qu'il a
» de plus cher.... Qu'il périsse !
» Ce n'est pas trop de tout son
» sang pour racheter une seule des
» larmes de ma bien-aimée. »

Des soldats aussitôt ont ordre
d'aller chercher notre derviche
dans sa retraite : il arrive, et pa-
roît devant sa hautesse. « Je vou-
» drois bien savoir, lui dit le
» prince, de qui tu as reçu cette

6

» autorité dont tu abuses ici pour
» calomnier les personnages les
» plus respectables...» Qu'on aille
» chercher le bourreau. —Le santon
» pour sauver sa vie, voulut jouer
l'inspiré. —« Chien maudit ! repli-
qua le Sultan, » tu parles encore,
» qu'on le dépêche !

Sa tête fut aussitôt séparée de son
corps, et alla rouler de dessus ses
épaules aux pieds de la sultane favorite. Mais celle-ci n'étoit encore
qu'à moitié satisfaite. « Et la femme
» du santon, dit-elle à son auguste
» amant, la laisserez-vous impu-
» nie ? Il faut un exemple pour
» les deux sexes. »

Des ordres furent sur le champs
donnés pour faire expirer la *santone* sous le bâton ; les eunuques

de *Frangie* (c'est le nom de la favorite) exécutèrent à l'instant la sentence, et battirent la *santone* jusqu'à ce qu'on lui fit sortir *l'ame par le nez*, (c'est l'expression turque.)

Citons un autre exemple moins tragique, pour prouver que les femmes, malgré l'abjection où elles vivent en Turquie, y ont cependant un ascendant aussi marqué que dans les pays où le sexe est le plus considéré, le mieux choyé, si l'on peut s'exprimer ainsi.

Un Musulman jeune et de bonne maison, s'amouracha d'une pauvre fille Arabe, au point qu'il en vouloit faire sa légitime épouse. Ses parents s'y opposèrent de tout leur pouvoir, mais il leur répondit :

6 *

« Je n'en aurai jamais d'autre ; elle
» est pauvre, elle est Arabe, mais
» elle est belle. » — Le père et la
mère ne pouvant douter du vœu
bien prononcé de leur fils, con-
sentirent à cette union, qu'ils trou-
voient d'abord si mal assortie. —
Les matrônes sont aussitôt envoyées
vers lee parents pour leur demander la main de là jeune fille. Ne
pouvant espérer alliance plus avan-
tageuse, ils reçurent cette propo-
sition avec reconnoissance.—Mais
notre belle Arabe étonna beaucoup
par la clause et condition qu'elle
mit au don de sa main et de son
cœur. « Je suis aimée, dit-elle,
» du jeune homme, mais ses pa-
» rents me méprisent et voyent une
» inégalité révoltante entre lui et

» moi ; eh bien ! pour rétablir l'é-
» quilibre, je jure par le Saint
» Prophète de n'être jamais sa
» femme, s'il refuse de faire au-
» paravant ce que je vais lui pres-
» crire : je veux que, vêtu des
» habits de l'indigence, il aille
» de porte en porte, pendant trois
» jours, demander l'aumône dans
» toutes les rues et dans les carre-
» fours de la ville : je ne serai à
» lui qu'à cette condition, qui
» sans doute me mettra à l'abri de
» bien des reproches humilians de
» la part de sa famille : s'il épouse
» une fille pauvre, j'épouserai aussi
» un mendiant, toutes les choses
» seront ainsi compensées. »

Les parents du jeune homme je-
tèrent les hauts cris, mais l'amant

6 **

en passa volontiers par là. On le vit *gueuser* pendant trois jours consécutifs, pour obtenir sa maîtresse, qui, satisfaite, consentit au mariage, et l'union fut heureuse en dépit de ceux qui s'y opposoient.

L'anecdote suivante, qui ne date pas de fort haut, donnera un apperçu des mœurs du chef même de l'Empire.

Il en est du sérail, comme jadis de la Bastille à Paris. Il n'est pas permis de s'arrêter devant. Des gardes parsemés dans les environs observent ceux qui jettent un regard curieux sur les fenêtres ou les jardins du Grand Seigneur. On hâte la marche des passans à grands coups de bâton.

Par le moyen de lunettes d'approche, le Sultan s'apperçut un jour qu'un particulier de *Galata*, (lieu distant de plus d'un mille du sérail) armé aussi d'une lunette de longue vue, dirigeoit ses regards vers le sérail. Sa hautesse fit remarquer à un de ses eunuques l'endroit où étoit placé cet homme, et lui envoya aussitôt des janissaires et deux bourreaux pour lui trancher la tête, ce qui fut exécuté aussi vîte que la parole.

Ce qui paroîtra fort singulier, c'est que les eunuques supérieurs ont eux-mêmes des sérails, meublés des plus jolies filles et femmes qu'on vient leur vendre. On peut juger de la sorte de jouissances qu'ils se procurent auprès d'elles. Mais

aussi quelquefois ces eunuques permettent aux plus belles d'entre ces
femmes de coucher avec de jeunes
pages qu'ils affectionnent, et ordinairement ils adoptent les enfans
qui en proviennent.

Il n'y a que les femmes Arabes
qui puissent aller par les rues de
Constantinople le visage découvert
et sans voile. Elles sont redevables
de ce privilège à la couleur noire
de leur peau : elles se rendent encore plus difformes qu'elles ne le
sont naturellement en se piquant
les lévres avec deux aiguilles liées
ensemble. Les trous qu'elles se font
servent à recevoir une couleur bleu
qui ne s'efface jamais.

Ces femmes gagnent leur vie à
jouer le rôle de pleureuses dans

les funérailles ; on les loue pour pousser des gémissemens, et pour se frapper la poitrine en signe de douleur et de désespoir. Elles chantent aussi des cantiques pour faire ouvrir le ciel, par leurs importunités, à l'ame du défunt.

Chez les *Courdes*, *Jezides* et *Turcomans*, peuplades qui sont des variétés de l'espèce humaine Musulmane, les femmes ne valent que deux cents écus. Si une fille ou une épouse est surprise adultérant, ou est convaincue d'adultère, alors son frère ou son mari commence par la tuer, et fait payer son sang à l'homme qui a partagé sa faute. Une loi traditionnelle porte la somme à trois fois le prix d'une femme, six cents écus ; si le délinquant est hors d'état de payer , sa peau en répond , on l'écorche.

Si le mari de l'adultère , ou son parent ne la tue point , il est alors imposé à une forte amende , mais s'il tue les deux coupables , l'affaire finit là.

Tous ceux qui entrent dans la maison de celui qui a tué ou sa femme, ou sa fille, ou sa sœur, ou sa nièce, pour cause d'adultère, donnent un coup de poignard dans le cadavre encore palpitant; c'est un usage pour marquer qu'on déteste ce crime éversif de la société civile et des bonnes mœurs.

Les *Druses*, mélange des Turcs et d'étrangers, forment une nation soumise au Croissant, et qui sont remarquables par une coutume qui doit nous paroître étrange : ils se permettent de coucher avec leurs propres filles, et d'en avoir des enfans ; ils disent pour leurs raisons : « n'est-il pas juste que celui » qui a planté un arbre, ou une vi- » gne, puisse en manger le fruit. »

Une autre histoire, racontée dans tous ses détails, achèvera de mettre nos lecteurs au fait des mœurs turques : nous en garantissons l'autenticité, elle nous parvient de bon lieu.

Un jeune français de haut parage, établi à Constantinople, et sachant la langue du pays, étoit bien reçu dans plusieurs bonnes maisons. Les seigneurs Turcs l'admettoient à leur table, il étoit de tous leurs plaisirs, la chasse, la promenade, etc. etc. Mais leurs

sérails étoient pour lui *lettres clau-
ses.*

Un vieux bacha considéroit par-
ticulièrement notre jeune homme,
que nous appellerons *Damis*, (des
raisons de famille nous obligent à
taire son nom.) Un jour, dans une
affection d'amitié, le vieux bacha,
voyant sa discrétion, lui offrit la
vue de ses femmes. Cette faveur
insigne est acceptée. Il trouva
vingt-deux beautés, réunies dans
un seul sallon. Chacune d'elles
étoient occupées selon ses goûts :
l'une brodoit, l'autre peignoit des
fleurs. L'étoffe de leurs robes étoit
la même, la nuance du moins n'é-
toit pas variée, mais la coëffure
étoit ajustée au caractère de la
physionomie, et un nombreux domestique

domestique debout dans le coin du sallon, attendoit le premier ordre. Les vingt-deux femmes se levèrent à la vue de leur seigneur et maître: la plus âgée n'avoit pas trente ans, et la plus jeune voyoit son seizième printemps. Les unes se mirent aussitôt à jouer de quelques instrumens, et les autres dansèrent, puis vinrent les rafraîchissemens. Le Bacha fit remarquer à Damis la docilité de toutes ces belles. « En France, ajouta-t-il, elles ne » sont pas aussi faciles à gouver- » ner, n'est-ce pas? Observe cette » belle *maïnotte*, elle a autant de » mérites que de grâces : je te per- » mets de l'entretenir pour que tu » puisses en juger par toi-même. » Damis s'approcha d'elle, il la

Tome II. 7

trouva occupée à peindre. Leur conversation fut assez vive. Quelques jours après, un billet grec fut apporté avec mystère par un esclave. Le maître du logis de Damis le déchiffra à son élève : il étoit conçu en ces termes : « Généreux » Français qui avez paru plaindre » ma triste situation : au nom » de l'estime que vous professez » sez pour les femmes vertueuses » et infortunées ; daignerez-vous » employer votre crédit pour me » tirer des mains du Bacha, chez » lequel j'ai eu le bonheur de vous » voir ? »

Quelques temps incertain sur le parti qu'il avoit à prendre, Damis s'en tint d'abord à faire traiter indirectement de la rançon de cette esclave intéressante. Le vieux Bacha, qui n'avoit chez lui des femmes que pour faire meubles, consentit volontiers à s'en priver d'une moyennant mille écus.

La jeune personne ne sut pas à qui elle alloit appartenir de nouveau. Damis étoit le seul maître qu'elle désiroit ; mais celui-ci qui n'osoit s'avouer à lui-même sa passion naissante, se fit scrupule de recevoir chez lui la belle Maïnotte. Il la déposa dans la maison d'un tiers, qui en devint amoureux, et qui se déclara en même temps : c'étoit un homme en place et fort considéré : il prévint Damis qu'il désiroit garder l'esclave, et qu'il lui en payeroit tel prix qu'il voudroit, son premier maître ne l'ayant

7 *

pas estimé ce qu'elle valoit. Damis
qui ne s'attendoit pas que cette affaire prendroit une tournure aussi
singulière, ne pouvant pas trop
refuser la demande du *Sélictar*, lui
dit, qu'il lui abandonneroit volontiers la jeune esclave, si, à peine
sortie d'un sérail, elle ne répugnoit
à entrer dans un autre. Toutes con-
ventions faites, et adoptées de part
et d'autre, on lui laissa la liberté de prononcer entre le *Sélictar* et *Damis*, et de faire elle-
même un choix. Autant les Turcs
gardent peu de mesures avec leurs
esclaves, autant ils ont de respect
et de ménagemens pour les femmes
libres. La Maïnotte se déclara pour
le jeune Français, qui, aussitôt
par honnêteté la fit conduire, non

chez lui, mais chez son maître de langues; et cela se fit secrettement dans l'une de ces voitures, qu'on trouve à Constantinople, destinées seulement pour les femmes.

Le soir du lendemain, il s'empressa d'aller voir la jeune esclave *Zara*, devenue libre, et-qui, selon l'usage, pour attester sa nouvelle condition, avoit changée de nom : elle s'appelloit *Théophée*. Sitôt qu'elle vit paroître Damis, elle courut se jetter à ses pieds dans l'excès de sa reconnoissance, en l'appelant son libérateur, son dieu.

Après les premières effusions du cœur, elle apprit à Damis ce qu'elle savoit d'elle-même. Elle avoit commencé à se connoître dans la Morée, c'est-à-dire dans celle des pro-

7 **

vinces turques, qui représente au-
jourd'hui l'ancien pays de Lacédé-
mone; et dont les habitans actuels,
qui se disent descendus des Spar-
tiates en ligne directe, se font ap-
peler Maïnottes.

Son père, ou plutôt son nourricier, étoit pauvre. A six ans il la
mena à Patras, où elle se trouva
dans un état beaucoup moins misé-
rable, et en voici la cause. Son
père s'étoit mis comme au service
du gouverneur de ce lieu, et s'é-
toit engagé à élever avec soin sa
fille jusqu'à l'âge requis pour pouvoir lui être livrée, et servir à ses
plaisirs. A peine touchoit-elle sa
dixième année, qu'une esclave,
qu'on lui avoit donnée pour gou-
vernante, commença à lui parler

des agrémens dont on jouissoit dans le *harem* du gouverneur, tout vieux qu'il étoit. Mais il avoit un fils, et le nourricier de *Zara*, qui ne cherchoit que son avancement, se détacha du père pour mettre ce fils en possession de la personne de *Zara*. — Le vieux gouverneur s'en apperçut, et ne voulut point céder sa proie ; il reclama son esclave, et ordonna qu'elle fut conduite à son sérail. Elle alloit être victime du gouverneur, lorsque le fils vint fort à propos pour la délivrer ; mais il n'y parvint qu'en poignardant son père de deux coups de couteau. Cependant le meurtrier parricide crut sage de prendre le large et laissa le harem à l'abandon et sans maître. Tandis que les autres

femmes mettoient la main sur les
effets les plus précieux, *Zara* ga-
gna la porte, et se rendit en hâte
chez son père nourricier. Ils s'em-
barquèrent aussitôt pour Constantinople, où elle reçut une éducation analogue aux vues qu'on avoit
sur elle, qui étoient de tirer le
parti le plus avantageux des trésors
dont la nature l'avoit comblée : son
père putatif y trouva le châtiment
de sa conduite lâche et immorale.
La jeune Maïnotte devenue orphe-
line se confia à une femme turque,
qui la retira chez elle avec l'agré-
ment de son mari : mais leur hospitalité n'étoit qu'une spéculation
de marchand, et leur projet étoit
de trafiquer à leur profit les charmes de leur malheureuse protégée.

Celle-ci s'en apperçut et se déroba pendant la nuit aux vues infâmes qu'on avoit sur elle. La voilà errante dans les rues de Constantinople, seule, n'ayant d'autres richesses que sa beauté, et les vêtemens qui la recouvrent. La faim commençoit à lui faire sentir son aiguillon ; et elle ne possédoit qu'un sequin. Le désespoir étoit prêt de s'emparer de son ame. En passant sous une voûte, elle apperçoit une file de plusieurs femmes ; elle demande ce que c'est : on lui répond que c'est un marché, et que celles qu'elle voit attendent les acheteurs : tout aussitôt notre innocente se place à l'extrémité et tente l'aventure. Les amateurs viennent à elle à son tour, et

la trouvent la plus jolie de la bande:
mais on ne sait à qui elle appartient,
ni avec qui il faut traiter. Les ven-
deurs s'approchent d'elle, et lui
font des propositions ; sourde à tout
ce qu'on lui dit, elle se précipite
vers une femme qui portoit des ali-
mens, et dévore le peu qu'on lui
en donne : cette scène redouble l'é-
tonnement de chacun. On s'assem-
ble autour d'elle : elle est remar-
quée par un Turc plus opulent que
tous les autres : il s'approche et la
questionne : c'étoit l'intendant du
Bacha ou *Damis* trouva cette jeune
beauté. Il n'eut pas de peine à la
décider de monter dans une voi-
ture pour delà la conduire chez
son maître : elle en fut reçue avec
une distinction proportionnée à sa

beauté, et devint la première favorite du sérail; mais elle ne tarda pas à éprouver l'ennui, et la satiété, ce vuide affreux d'un cœur de seize ans possédé par un vieillard froid et blasé.

Il lui arriva une avanture dans l'intérieur même du sérail : une de ses compagnes d'esclavage s'étoit apperçue qu'elle cherchoit tous les moyens de s'évader. Maîtresse de son secret, elle exigea d'elle, pour prix de sa discrétion, qu'elle l'aideroit à lui faciliter les moyens de voir un jeune Turc qu'elle aimoit. *Zara* se prêta à cette intrigue malgré elle; il lui fallut recevoir l'amant dans sa chambre, dont la fenêtre donnoit précisément sur un toit, par où il s'étoit introduit à l'aide d'une échelle de cordes. Mais le jeune Turc, volage comme ils le sont tous, ne tarda pas à s'éprendre de la jeune Maïnotte. Sa rivale s'en apperçut, et s'en vengea, comme on se venge en Turquie. Un jour en feignant de l'aider à regagner le toît, elle précipita l'infidèle du haut des murs du sérail en bas, et la chûte fut mortelle.

Le récit de *Théophée* fit impression sur le jeune Damis, tout prèt à devenir amant : mais il se sentoit repoussé par l'idée que cette jolie femme sortoit des bras de deux amants pour le moins. Une rose caressée par tant de zéphirs ne pouvoit plus avoir cette fleur de sentiment qui fait le plus grand charme de la beauté.

Cependant sa conduite ne se démentoit en aucune occasion. Elle refusoit absolument toute visite et tout cadeau. Elle vivoit solitaire, et sembloit se conserver toute entière pour l'heureux Damis.

Damis vint à bout, pour la satisfaction de tous deux, du moins il le pensoit ainsi, de découvrir la véritable naissance de *Théophée*. Elle devoit le jour à une ancienne et pauvre famille de la Morée, descendant de la race des Lacédémoniens ; mais son père ne voulut jamais la reconnoître pour sa fille, et de ses frères, un seulement, le plus jeune, qui lui ressembloit beaucoup, la traita de sœur.

Cet accueil singulier fit une telle impression sur l'esprit de Théo-

phée, que malgré les dédommage-
ments de Damis en estime et en
affection, sans en prévenir son libérateur, elle quitte brusquement
Constantinople, et se rend au port
pour s'embarquer sur un bâtiment
qui alloit cingler vers la Sicile.
Damis est averti à temps, il rompt
le projet de sa maîtresse, et va la
retrouver dans une hôtellerie ou
elle étoit à attendre le départ du
navire. Le plus jeune de ses frères
l'accompagnoit. Après les plus tendres reproches, Damis ramena
Théophée dans son premier asyle,
c'est-à-dire chez le maître de langues, devenu fort suspect depuis
cette avanture.

Il fut donné à la jeune grecque
deux esclaves pour la servir, sur

lesquelles on pouvoit compter d'a-
vantage. La femme étoit de la Morée, et l'homme se trouvoit être
un Arabe.

Cependant le Grand Seigneur
turc, qui avoit jeté les yeux sur
la beauté de Théophée, ne se dé-
sistoit pas de ses prétentions. Il
vint lui faire offre d'une maison, ou
plutôt d'un palais bâti sur le Bosphore, et dont il lui abandonnoit
la jouissance pour toute sa vie.
Mais la sensible et reconnoissante
Maïnotte n'éprouvoit plus qu'un
sentiment, et il étoit tout pour
Damis. Elle parut accepter les
propositions du riche Musulman
pour se délivrer de ses importunités, et se ménager le pouvoir de
se réfugier dans un lieu plus mo-

deste, mais plus agréable pour elle,
où Damis lui avoit offert à son tour
de se retirer, pour n'y être connue
et aimée que de lui seul.

Damis et Théophée, dans la
même chaise, se mirent en chemin
pour se rendre dans ce nouvel asyle,
qui devoit servir de temple à l'a-
mour. Le premier baiser fut donné
et reçu en route : Damis pressa de
ses lèvres de feu la bouche de
Théophée, qui ne s'étoit jamais
trouvée aussi sensible ; car ce n'est
point dans les sérails que la véritable volupté à établi son trône.

Le plus tendre soupir répondit
aux premières caresses : on arriva
vers le milieu de la nuit, et l'on se
mit aussitôt à table. En pareille situation on mange peu : le souper fut

court : mais Damis se promettoit
de plus longs plaisirs ; déjà il se
faisoit déshabiller par son valet-
de-chambre en présence de Théophée, en l'invitant d'en user de
même avec son esclave : mais Théophée avoit d'autres projets. Quel
fut en effet l'étonnement de Damis
en voyant que cette femme qu'il
idolâtroit n'étoit point une con-
quête aussi aisée qu'il l'avoit pensé.
Ce n'étoit plus l'une de ces esclaves, qui, au premier geste de leur
maître, tombent à ses genoux ou
se jettent dans ses bras. Théophée
avoit autant de vertu que de connoissance, et vouloit que l'estime
précédât la volupté. Damis surpris,
sans être toutes fois très-mécontent
de cette réception, ne crut pas

8 **

devoir insister auprès de cette
jeune fille, qui n'avoit vécu dans
le désordre que par ignorance, et
qui sembloit vouloir racheter la
honte de ses premières années par
une conduïte sage et plus circons-
pecte. Chacun des deux amants
alla se mettre au lit séparément,
et n'y dormirent guères plus l'un
que l'autre.

Le lendemain Damis, l'impatient
Damis, alla trouver sa belle et vertueuse amie, au moment où elle
se disposoit à sortir de son lit : il
l'y retint pour l'entretenir et lui
demander une explication. Elle la
lui donna avec toute l'ingénuité
de l'innocence, et toute la dignité
de la raison. Damis transporté d'a-
voir trouvé la vertu même person-

nifiée, et sous le charme des gra-
ces, se promit bien de ne brûler
sur ses autels qu'un encens pur et
digne d'elle.

Il prit chez lui le frère de Théophée, et défendit sa maison à son
père, vieillard obstiné, qui ne
pouvoit pardonner à sa fille d'a-
voir été obligée de mettre le pied
dans les sérails.

Nos deux amants vécurent ainsi
quelques temps dans la plus parfaite innocence, n'ayant d'autres
desirs que ceux d'un cœur pur et
dégagé de toutes passions.

Le harem de Damis ne ressembloit en rien à ceux de toutes les
personnes aisées et de son rang :
il éprouvoit le doux ascendant
d'une femme aimable, et vertueuse

toute à-la-fois, et justifioit le sentiment de ces philosophes qui placent la volupté dans les seules
jouissances de l'ame. Mais ce calme
délicieux fut bientôt troublé par
un incident assez singulier. Le
frère de la jeune Maïnotte avoit
fait usage de certaines libertés, que
donnent en Turquie les titres de
frère et de sœur. Devenu amoureux aussi de Théophée, il lui
prodiguoit pendant tout le jour les
plus tendres baisers sur la bouche,
et même sur le sein : c'est ce que
Damis apprit de sa naïve maîtresse
qui n'y soupçonnoit point de mal.
Ce frère, tout au moins importun,
fut aussitôt banni et renvoyé à
Constantinople : il feignit de s'y
rendre, et resta toujours auprès de

sa sœur. Dans le même temps un ancien rival de notre jeune Européen, un Bacha disgracié par la sublime Porte, vint se réfugier chez Damis, et y trouva un double avantage : d'un côté il s'éloignoit de la région des orages qui grondoient sur sa tête, et de l'autre il se rapprochoit de ses amours. Ce Bacha et le frère ne furent pas long-temps sans se rencontrer ensemble dans l'appartement de Théophée. Ils prirent querelle, des paroles ils en vinrent aux voix de fait; et le jeune homme reçut un coup de poignard du Bacha.

Cette catastrophe arriva dans le moment où le maître de la maison étoit aller solliciter, auprès du grand Visir, la grace du seigneur

Turc, qui lui jouoit cette scène
perfide.

Damis arriva bientôt, et il ne
tarda pas à avoir connoissance de
l'avanture : le Bacha fut honteux
d'avoir ainsi abusé de l'hospitalité
que lui avoit donné son ami ; et
Damis eut encore assez de généro-
sité, pour ordonner que toutes sortes de soins fussent prodigués au
jeune homme.

Quant à Théophée, frappée de
tous ces évènemens passés sous ses
yeux à son occasion, elle n'en devint que plus sensée, plus délicate,
et aussi reconnoissante que tendre
envers son bienfaiteur.

Damis aussi n'en fut que plus
réservé et plus respectueux auprès
de cette beauté qu'il avoit tiré du

sérail, et des bras de deux ou trois Turcs. — Qui le croiroit? cette fille intéressante, parmi les livres qui lui étoient donnés pour former sa raison ou charmer ses loisirs, donnoit la préférence aux Essais de Morale de Nicole, à la logique de Port-Royal, sur la princesse de Clèves.

Quelquefois aussi nos deux amants, quoique logés sous le même toît, s'écrivoient ce que leur bouche ne pouvoit exprimer; et les lettres de Théophée n'étoient pas les moins vertueuses et les moins motivées. La jeune Maïmotte, n'osant se livrer à l'amour par un excès d'amour propre, donnoit le change à son cœur en payant la rançon de plusieurs Européen-

nes, esclaves comme elle l'avoit
été dans les sérails de Constantinople et des environs. Enfin Damis
obligé de revenir en France, em-
mena avec lui sa chère Théophée,
sous le nom de sa fille, et séjourna
quelques temps à Livourne. Il n'est
pas aisé d'être amoureux sans être
jaloux. Notre Français, quoique
touchant à l'âge de la raison mûre,
avoit cette maladie ; et la beauté
de son obligée étoit peu propre à
la guérir. A Livourne elle fut cour-
tisée de près par un jeune homme
de famille distinguée, que Damis
surprit une fois à genoux aux pieds
de Théophée. Depuis ce moment
Damis eut l'œil au guet, tout en
s'avouant qu'il faisoit outrage à
celle qu'il aimoit.

Un jour il entre dans sa chambre à coucher, Théophée n'y étoit pas...... Il fait la plus exacte perquisition, tant parmi les meubles que dans l'intérieur même du lit encore tiède, que sa belle venoit de quitter. Que fait Damis dans cette circonstance allarmante pour sa jalousie? il se glisse aussitôt entre les draps, comme pour y respirer à son aise la douce sécurité de l'innocence, et se dispose à tous les évènemens. Le nouvel amoureux de Théophée, qui épioit toutes les occasions de voir celle qu'il croyoit la fille de Damis, voyant la porte de son appartement entr'ouverte, entre, s'approche des rideaux à moitié fermés, et s'agenouille pour pronon-

cer la plus tendre invocation à l'amour, comptant bien être entendu de Théophée. Le silence de *celle-ci* semble le confirmer dans la flatteuse idée qu'on n'a pas eu de chagrin à l'écouter, et qu'on a trop de pudeur pour lui faire un aveu de vive voix. Cette circonstance rend le jeune homme plus téméraire, plus entreprenant. Damis s'appercevant de la méprise, n'avoit garde de la détruire; et tranquillement il attend sous les draps l'issue de cette singulière avanture.

Théophée, qui étoit aller prendre le plaisir de la promenade dans le jardin, revint dans sa chambre au moment même où son nouvel amant escaladoit le lit pour y entrer; mais qu'elle fut la surprise de tous trois, lorsque Damis, sortant la tête de dessous sa couverture, et se mettant sur son séant, dénoua cette petite intrigue dont les trois acteurs ne purent s'empêcher de rire eux-mêmes ?

Théophée revenant à elle, devint confuse; mais Damis pour la rassurer, et lui payer le salaire dû à sa fidélité, lui jura, en présence de son rival, qu'il n'auroit jamais d'autre épouse. Il tint parole : le mariage suivit de près ; et tous d'eux coulèrent des jours heureux et dignes d'envie.

Revenons maintenant aux mœurs privées des Turcs dans leurs sérails.

Une personne qui a passé quel-

9 *

ques années dans le harèm d'un
seigneur du sang Impérial, m'a
certifié qu'il étoit impossible à des
femmes de vivre avec plus de décence et de retenue que les femmes
turques. Ceci demande quelques
exceptions sans doute ; mais ce
qu'il y a de sûr, c'est qu'un Turc
qui rencontre une femme dans la
rue, détourne la tête comme s'il
lui étoit défendu de la regarder.
Les bons Musulmans fuyent, avec
une sorte d'horreur, une femme
éhontée, et elle ne leur inspire
que le mépris. S'il survient à un
Chrétien quelque contestation avec
des Turcs, et qu'il ait une femme
un peu résolue, il la met aux prises avec eux; et pour l'ordinaire
sa contenance les force à céder, et

les oblige à quitter la partie. Ce
seroit le comble du déshonneur
pour un Turc en colère, que de
lever la main snr une femme pour
la frapper.—Il faut dire aussi que
les femmes abusent trop souvent
de cette prérogative, dont elles ne
jouissent pas en Russie.

Quand Mustapha parvint au trône
du Croissant, les femmes donnè-
rent une scène bien extraordinaire.
Le visir *Regib-Méhémet* avoit né-
gligé de faire les approvisionne-
mens de blé et de riz, indispensa-
bles à la consommation d'une ville
telle que Constantinople, pour une
année. Les hommes s'apperçurent
de cette disette avec assez de tran-
quillité apparente; mais les femmes turques s'attroupèrent, et ar-

9 **

mées de barres de fer, de marteaux, de limes, etc. elles allèrent en corps d'armée faire le siège des magasins. Rien ne put les arrêter : et tandis que le gouvernement délibéroit, elles forcèrent les barreaux, pillèrent et emportèrent tout ce qu'elles voulurent. Eh bien ! on n'osa rien dire, rien faire pour réprimer, ou au moins modérer cette violence, et tous ces excès restèrent impunis.

Quant aux femmes qu'on achète, on sait en général qu'elles n'ont de prix qu'à proportion, non seulement de la beauté de leur personne, mais encore de leurs charmes et de leurs talens. On leur enseigne en conséquence la musique vocale et instrumentale. On leur fait contracter certaines affectations dans la prononciation, dans la démarche et le maintien : elles apprennent par-dessus tout des danses extrêmement voluptueuses, et que nos prudes trouveroient indécentes.

Il n'est pas facile de rassembler des faits propres à bien faire connoître le véritable caractère des Musulmans; le hazard peut en procurer quelques-uns, comme il m'a offert celui que je vais rapporter. S'il n'est pas de nature à donner une bien haute opinion de leur sagesse, il pourra du moins nous mettre à même de nous en former quelqu'idée.

Les *harems* des Turcs riches ou constitués en dignité, c'est-à-dire toutes leurs femmes et leur suite, vont souvent à pied pendant l'été, prendre l'air sur la berge ver- doyante du Bosphore, ou dans quelqu'autre promenade publique de cette espèce. Pour l'ordinaire chacun de ces *harèms* est composé de vingt-cinq, trente et cinquante femmes, selon l'opulence du pro- priétaire. Elles sont toujours sous la surveillance des gardiens de leur vertu, autrement dit des eu- nuques noirs.

Les Francs, de leur côté, ou autres étrangers Chrétiens, sont assez dans l'usage de passer les soi- rées ensemble sur la rive asiatique du Bosphore; et là, paisiblement, ils se livrent à toutes sortes de délasse- ments.

Un jour, sur la brune, deux

Français s'y promenoient, comme
de coutume ; ils avoient avec eux
leurs femmes , et ils étoient escor-
tés par des janissaires et des domestiques. Ils revenoient de leur promenade, et s'en retournoient à pas
lents , lorsqu'ils entendirent le
bruit confus de plusieurs voix de
femmes qui les suivoient. La curiosité les porte à regarder , et à
voir d'où part ce qu'ils viennent
d'entendre. Le grouppe s'arrêta ,
et l'on apprit bientôt que les voix
partoient de deux *harèms*, compo-
sés chacun d'au moins quarante
femmes. Les eunuques qui les gardoient formoient une haie de chaque côté , leur laissant au milieu
une espace assez considérable. Un
de nos Français resta en arrière

par le desir d'observer de plus
près leurs appas, et leur manière
d'être. Il s'imaginoit qu'on seroit
bien plus empressé à l'éviter qu'à
s'approcher de lui; mais il se trompoit, car tout-à-coup il se trouve
saisi par une jeune femme leste et
vigoureuse qui fut bientôt suivie
de toute la bande.... Elle débuta
par des soupirs, des sons inarti-
culés, aussi passionnés que peu
délicats; puis à l'aide d'expressions
tendres et d'éloges, elle entreprit
de mettre à découvert ce que les
habits de cet homme déroboient
aux regards avec beaucoup de
soins.

L'armée femelle, dont il se
voyoit investi, et la vigueur de
l'attaque, ne lui laissoient d'au-

Tom. II.

Pag. 106.

tres ressources que de se défendre
de son mieux et de rire d'une
telle avanture. Les prières et les
menaces étoient inutiles pour le
tirer des mains d'assaillants aussi
nombreux et aussi déterminés. Leur
pétulante curiosité ne pouvoit être
contenue par ses remontrances. Il
leur représenta vainement la honte
qu'elles encourroient elles-mêmes
par une violence publique aussi in-
décente. Rien n'y faisoit. Les ins-
tances de ces femmes ressembloient
aux fureurs de la Nymphomanie.
Un vieux janissaire de l'escorte des
Francs se tenoit à quelque dis-
tance de ce combat, opiniâtre et
singulier, dans une espèce de sai-
sissement. La réserve musulmane
lui défendoit d'approcher des fem-

mes sous aucun prétexte et dans
aucun cas. Il étoit bien loin d'oser
porter sur elles une main sacrilège.
Tout ce qu'il prit sur lui de se
permettre dans une circonstance
aussi étrange, fut de crier avec
force aux eunuques noirs : « Misé-
» rables ! êtes-vous donc les gar-
» diens des plus viles prostituées?»
» Voulez-vous bien vous mettre en
» devoir de délivrer cet étranger de
» la violence infâme qu'on lui fait.»
Les eunuques noirs restèrent comme des termes, et n'en furent pas
plus émus à cette vive apostrophe.

Les femmes continuoient toujours leurs gestes obscènes, et notre
pauvre jeune homme alloit succom-
ber, lorsque l'autre français, ayant
pitié de la détresse où il se trouvoit,

voit, vint à son secours. Il s'avance fièrement. Il crut en imposer par sa contenance; mais il se trompoit. Il parloit beaucoup mieux la langue turque que son camarade. Il se mit à sermoner les dames assaillantes, tantôt en riant, tantôt avec beaucoup de gravité. Sa jeunesse et sa figure, sa contenance et ses paroles, frappèrent au premier abord, mais ce ne fut que pour renouveller la scène. Ces femmes quittèrent leur première victime pour se précipiter toutes ensemble sur ce nouvel objet de convoitise, avec plus d'ardeur, et des mains plus curieuses et plus avides. Tandis que celui-ci soutenoit l'impétuosité du premier choc, l'autre eut le temps de faire sa retraite;

Tome II.

et ce ne fut qu'après bien des ef-
forts, et des peines incroyables
que le jeune homme, d'ailleurs
robuste et dispos, parvint à se dé-
gager et à prendre la fuite.

Cette avanture étrange est une
suite déplorable sans doute de
l'existence des femmes en Turquie.
Ce sont les mœurs du pays qui les
rendent ainsi immodestes et lasci-
ves. La nature outragée par les
usages civils, se venge ainsi.

Cependant toutes ces femmes
portent, et ne quittent presque
jamais le *macremma*, ce qui signi-
fie en Arabe *le voile de la modestie*.

Ce voile a une autre distinction.
Il préserve le visage de l'influence
des différentes températures de

l'air. Qu'on joigne à cela que les femmes du sérail s'exposent rarement au serein, et qu'elles mènent une vie fort uniforme; d'où il doit résulter que si elles naissent avec de la beauté, et si la nature les doue d'une superbe carnation, elles devroient conserver leurs charmes long-temps, et n'éprouver avec l'âge qu'une dégradation insensible, et lente. Il n'en est rien pourtant, car toutes ces beautés si fraîches se fannent avant la saison du retour, et leur corps trouve son dépérissement dans l'usage trop fréquent qu'elles font des bains chauds qui peu-à-peu relachent et altèrent le tissu des solides.

Au reste les bains de femmes offrent tout ce que la volupté à de

1 *

plus recherché. Les beautés des harèms y trouvent des filles pour les laver et les frotter, et ces filles ont un art merveilleux : elles étendent, et *assouplissent* les jointures de manière qu'on diroit que toutes les parties du corps se disloquent ; mais cette exercice ne produit que des sensations fort agréables, et est fort sain.

Les mariages en Turquie, dans les classes inférieures du peuple se font sans dot. Le père de l'épousée exige seulement une somme pour sa fille de 5000 *aspres*. (Cent vingt *aspres* font à peu près trois livres de nôtre monnoie de France.)

Il y a peu de femmes publiques en Turquie, par la raison que chacun peut avoir son harèm.

Les Turcs croyent que les femmes n'ont point d'ames, ou du moins que leur ame est si peu de chose, qu'elle ne sert de rien pour leur salut. Selon eux, les femmes ne peuvent se sauver que par leurs maris, et les filles par leurs pères; comme si elles n'avoient point d'autre ame que celle de leurs parents et de leurs époux. Mahomet va plus loin dans son Alcoran. Il prétend que les femmes ne peuvent entrer en paradis. Il les remplace par des *Odalisques* et des *Houris* d'une beauté parfaite, et si douces de caractère et de peau, qu'une seule goutte de leur salive seroit capable de dessaler toute l'eau de la mer.

Terminons ces esquisses rapides

10**

et curieuses par la description
abrégée d'une fête qui semble
prouver que les Turcs sont quelquefois aussi galans que les Français l'ont été.

La fête des Tulipes.

La fête des tulipes est la plus
belle journée de l'année pour les
femmes du Grand Seigneur. Cette
solemnité a lieu au mois d'avril.
On construit dans la cour du sérail des galeries en bois; puis on
dresse des bancs, sur lesquels on
range, en ampphithéâtre, une
quantité prodigieuse de caraffes
garnies de tulipes choisies. Ces vases sont entremêlés de flambeaux,
et les gradins les plus élevés sont
destinés aux serins de sa hautesse,

enfermés dans des cages d'or. On
y voit aussi des globes de cristal,
remplis de liqueurs coloriées de
diverses nuances. Cette variété de
couleurs produit le plus merveilleux effet, et cette cour du sérail
qui est fort étendue, ces galeries,
les pyramides, les tours, les appartemens qui l'environnent, également décorés de fleurs et de
lampes, offrent le coup d'œil le
plus ravissant, et le plus brillant
spectacle. Au centre du sérail est
le pavillon du Sultan, devant lequel sont étalés les riches présens
que les premiers de la cour desti-
nent au sultan. Aussi brillantes
que les tulipes, les femmes du
Grand Seigneur se promènent parmi
ces fleurs, ensorte que pendant le

reste de la journée la nature et l'art semblent se réunir, et s'épuiser pour charmer la vue du maître de ce lieu enchanteur. Mais celui-ci daigne à peine jetter quelques regards furtifs sur cette pompeuse décoration, qu'animent encore des danses et des concerts.

Depuis qu'il y a des hommes et des femmes, les Orientaux renferment celles-ci. Ces femmes nées esclaves la plupart, et presque toutes sans éducation, ne paroissent dans les fêtes que très-rarement, pour ne pas dire point du tout, et ne répandent aucune gaieté dans le cœur de leur maître; aussi, dit Chardin, le voyageur, la jeunesse se ruine en Asie, en dépenses pour les courtisanes.

Les Turcs fondent leur conduite à l'égard de la plus belle moitié du genre humain sur trois motifs, sans compter le plus fort de leur considération, qui est l'esprit de jalousie qui leur est comme naturel.

1°. L'obligation de renfermer les femmes est fondée, disent-ils, sur le précepte de leur saint législateur, et ce commandement fut renouvellé avec beaucoup d'énergie dans les momens même de l'agonie du divin prophète.

2°. La pluralité des femmes les a contraint de recourir à la clôture ; et cette pluralité, l'idole de leur cœur, tient aux deux principes les plus forts pour eux, la politique et la volupté. Ils ont cru nécessaire et indispensable de diminuer par le nombre, l'ascendant que les femmes ont sur nous.

La troisième et dernière raison enfin se tire, selon les Orientaux, de l'intérêt même qu'ont les femmes à cette reclusion. Les Mahométans ont une estime pour la vertu du sexe qui va jusqu'à l'enthousiasme. Ils redoutent pour sa foiblesse le moindre essai de débauche. D'ailleurs rien n'égale le respect qu'ils ont pour les dames, si ce n'est leur amour. Chardin, que nous avons déjà cité, dit que dans tout l'Orient, on ne met pas la main sur une femme, même dans le cas d'une punition publique ordonnée par la loi.

Le silence des eunuques et des

maîtres, sur ce qui se passe dans l'intérieur des *harèms*, ou sérails, n'a point d'autres principes. *Harèm* veut dire un *lieu sacré*; aussi l'idée qu'ils ont de la pudeur du sexe, leur inspire une sorte de crainte religieuse, un sentiment de vénération. Voyez Chardin et Thèvenot.

Les Turcs tiennent la fornication pour un très-grand péché. Cependant sur la brune, les femmes publiques entrent dans les petits logemens des Prêtres, et des Docteurs de la loi, et rarement elles en sortent comme elles y sont entrées. Pour éluder le divin précepte, les gens scrupuleux prennent une femme à bail pour une heure, ou une année : mais les Musulmans riches et de bonne maison louent les femmes pour 90. ans.

On sait que la Religion Mahometane admet des moines dans son sein, et de plusieurs sortes. Les Turcs ont des Derviches, des Santons, etc...

Comme jadis en France, il n'est pas rare de voir en Turquie des jeunes gens de bonne maison se dégouter tout-à-coup des plaisirs de la vie, et aller se confiner dans un cloître. Pour donner une preuve de la sincérité de leur conversion, ils composent ordinairement des espèces de cantiques Arabes, et pour la singularité du fait je vais en citer un que j'ai fait traduire textuellement.

Prière d'une jeune Turc prêt à se faire moine.

1.

Dieu de Mahomet, j'ai péché devant toi, mais l'aveu de ma faute en solicite le pardon.

2.

J'ai adoré l'œuvre de tes doigts, sans remonter au bras divin qui a fait tout ce qui est beau.

3.

J'ai admiré le vase du potier, j'ai converti ce vase à mon usage.

4.

Comme si ce vase s'étoit pu faire

11

de lui-même, le potier n'a reçu de moi aucun hommage.

5.

Une fille des hommes s'est emparé de toutes les facultés de mon cœur.

6.

Elle en a chassé l'auteur de tous les trésors dont elle est si vaine.

7.

Hélas ! la copie imparfaite m'a détaché du modèle de toute perfection.

8.

Dieu de Mahomet ! ne sois point jaloux, pardonne-moi d'avoir sacrifié sur d'autres autels que les tiens.

9.

Pardonne - moi d'avoir dérobé l'encens que je devois au créateur, pour le porter et pour le brûler aux genoux de ta créature.

10.

J'ai voulu me cacher mes fautes; j'ai voulu justifier à mes propres yeux et aux tiens, la surprise de mes sens.

11.

En disant : C'est encore le dieu de Mahomet que j'aime dans l'objet qui en approche le plus.

12.

Le dieu de Mahomet me pardonne le plaisir que j'éprouve aux accens du rossignol.

13.

Peut-il me faire un crime de prêter l'oreille à la voix tendre d'une fille des hommes ?

14.

Une fille des hommes est une fleur : le dieu Mahomet peut-il s'offenser de me voir caresser les fleurs que lui-même à fait naître sous mes pas ?

15.

Aveugle que j'étois ! je ne m'appercevois pas que le serpent aime à se glisser sous des roses.

16.

Semblable au père des hommes, je me suis caché avec la femme que je croyois, selon mon cœur, mais qui n'étoit pas selon l'esprit du dieu de Mahomet.

17.

Me serois-je caché, si je ne m'étois surpris aussi coupable qu'Adam? Le bien se fait de jour, le mal est pour la nuit.

Prière d'un Derviche.

Voici maintenant la prière d'un jeune Derviche, traduit d'un manuscrit Arabe, déposé à la Bibliothèque nationale.

1.

Dieu de Mahomet ! c'est toi qui as dit, il n'est pas bon que l'homme soit seul.

2.

J'ai cherché parmi les filles des hommes une femme selon ton cœur.

3.

J'ai parcouru Bizance ; je me suis répandu dans les campagnes.

4.

J'ai trouvé plus de beauté que d'innocence parmi les filles des hommes.

5.

Les filles des hommes ont des grâces, mais elles n'ont point de mœurs.

6.

Le miel est sur leur langue, le fiel est dans leur cœur.

7.

Elles ont les yeux de la colombe et la langue du serpent.

8.

Elles chantent avec goût, mais elles ne parlent point avec sagesse.

9.

Elles dansent en mesure, mais elles ne savent point marcher droit.

10.

Elles veulent plaire à plusieurs, comment pourroient-elles se résoudre à n'en aimer qu'un?

11.

Dieu de Mahomet! je resterai seul et sans compagne jusqu'à ce que tu me fasses rencontrer une *houri* selon ton cœur.

Prière d'un jeune homme prêt à se marier.

Je terminerai par ce troisième et dernier cantique, composé par les bonzes, à l'usage des jeunes gens qui se disposent à entrer dans le monde, et à prendre une légitime épouse; on y reconnoîtra le style oriental, et les mœurs du terroir.

1.

Dieu de Mahomet, dont la main complaisante daigne semer de fleurs la route épineuse de la vie.

2.

Où me faut-il aller pour obéir

au commandement que tu donnas
à Adam et à Abraham : *Croissez
et multipliez.*

3.

Toi dont le doigt habile daigne
colorier la rose et la violette.

4.

Fais-moi rencontrer une femme
dont le front modeste sache encore
rougir.

5.

Indique-moi une *houri* céleste,
dont la bouche puisse sourire avec
innocence, et dont les yeux timi-
des s'humectent des larmes du sentiment.

6.

Où sont-elles ces vierges pudiques, aussi simples que les agneaux qui folâtrent autour de la bergère naïve.

7.

Où sont-elles refugiées ces vertus domestiques qui font les bons ménages, et les mariages heureux.

8.

Dois-je aller bien loin encore, dois-je attendre encore long-temps avant de rencontrer une fille des champs, dont le cœur soit aussi pur que l'haleine du mois de mai.

9.

Ou mène-t-elle paitre son troupeau la pastourelle ingénue, douce comme la toison de son agneau chéri ?

10.

Que j'aille toucher la frange du vêtement divin qui la couvre, et baiser l'extrémité de sa ceinture intacte !

11.

Je lui dirai : *Houri* de la terre ! fille des champs ! heureux le pasteur que tu appelles ton père ou ton frère.

12.

Plus heureux mille fois, celui à qui tu donneras le droit de se dire ton époux bien aimé !

F I N.

Lith. 1852. Peter. Fr. 4. 7. A. 55.